AF460890

7 NOV. 1865 Sommeson 99P

Vente des Lundi 27 et Mardi 28 Novembre 1865

CABINET DE M. S*** ommeson

OBJETS D'ART

ET DE CURIOSITÉ

EXPOSITION PUBLIQUE :

Le Dimanche 26 Novembre 1865

Me Ch. PILLET, Commissaire-Priseur

MM. MANNHEIM et CLÉMENT

EXPERTS

PARIS. — IMPRIMERIE PILLET FILS AINÉ
5, RUE DES GRANDS-AUGUSTINS

CATALOGUE

D'UNE BELLE COLLECTION

D'OBJETS D'ART

ET DE CURIOSITÉ

Beaux Meubles en bois sculpté; Faïences italiennes; Faïences de Rouen;
Grès de Flandre; Plats en cuivre repoussé;
Belles Armes des XVIe et XVIIe siècles, telles que: Pistolets, Carabines à crosses poitrinales, Épées, Casques, etc.;
Instruments de musique; Beaux Christs en ivoire;
Porcelaines de Sèvres, de Chine et du Japon;
Belle Bibliothèque et autres meubles du temps de Louis XVI en bois d'acajou et bronze doré;
Meuble de salon en bois sculpté du temps de Louis XVI;
Bordures en bois d'ébène à moulures d'écaille et Cadres en bois sculpté des Epoques Louis XIV, Louis XV et Louis XVI

Provenant du cabinet de M. S***

DONT LA VENTE AURA LIEU

HOTEL DROUOT, SALLE N° 5

Les Lundi 27 et Mardi 28 Novembre 1865

A UNE HEURE ET DEMIE

Par le ministère de Me **CHARLES PILLET**, Commissaire-Priseur,
rue de Choiseul, n° 11,

Assisté de MM. **MANNHEIM**, rue de la Paix, 10,
Et **CLÉMENT**, rue des Saints-Pères, 3, Experts,
Chez lesquels se distribue le présent Catalogue.

EXPOSITION PUBLIQUE

Le Dimanche 26 *Novembre* 1865, *de une heure à cinq heures.*

CONDITIONS DE LA VENTE

Elle sera faite au comptant.

Les adjudicataires payeront *cinq pour cent* en sus des enchères, applicables aux frais.

La vente de la Bibliothèque, dont le Catalogue est rédigé par M. POTIER, libraire expert, aura lieu salle Sylvestre, les 4 et 5 décembre 1865.

Paris. — Imp. PILLET fils aîné, rue des Grands-Augustins, 5

DÉSIGNATION

DES OBJETS

Meubles

1 — Joli meuble en bois sculpté à deux corps; le bas à deux portes pleines et à deux tiroirs, et le haut, à deux portes pleines et à colonnettes aux angles, est surmonté d'un fronton découpé, enrichi de figures allégoriques sculptées en ronde-bosse. Les portes présentent des sculptures en bas-relief figurant les quatre Éléments, ainsi que des figurines d'Amours. Ce meuble est enrichi d'incrustations de marbre. Époque de la Renaissance. Larg., 1 mèt. 22 c.

2 — Très-grand meuble en bois sculpté à deux corps, à quatre portes et tiroirs, enrichi de pilastres à cariatides, mufles de lions et guirlandes de fleurs. Les portes sont ornées de moulures en relief, avec têles saillantes au centre. Il porte la date de 1649. Haut., 2 mèt. 15 c.; larg., 1 mèt. 90 c.

3 — Très-grand bahut, orné de panneaux de style gothique très-finement sculptés en relief, dont cinq sur sa face principale et deux sur chacune de ses faces latérales. Le panneau central présente un blason suspendu à un chêne. Ce meuble est garni d'une serrure à secret de même style et d'écoinçons découpés à jour. Larg., 1 mèt. 50 c.

4 — Jolie petite crédence du XVIe siècle, en bois sculpté à ornements, rinceaux et mascarons en relief. Larg., 90 cent.

5 — Autre crédence en bois sculpté, dont les portes, les tiroirs, ainsi que les côtés, présentent des ornements et des mascarons de style gothique. Ce meuble est garni de serrures découpées à jour, et ses angles sont ornés de pilastres à clochetons. Larg., 1 mèt.

6 — Fauteuil à bras, à dossier droit, en bois sculpté, enrichi de mascarons, d'ornements et de têtes de béliers en relief. Travail flamand du temps de Louis XIII.

7 — Escabeau en bois sculpté, dans le style de la Renaissance, et enrichi d'incrustations de pierres diverses.

8 — Joli bureau à X du temps de Louis XIII, à quatre faces, en marqueterie de bois à rinceaux, et enrichi d'incrustations d'ivoire. Le dessus de ce meuble est garni d'un rang de tiroirs en surélévation et suivant ses contours.

9 — Table italienne en bois d'ébène incrusté d'ornements en

ivoire; elle repose sur deux piliers en forme de tréteaux, reliés à la table par des potences en fer.

10 — Petit meuble cabinet à dos d'âne reposant sur sa table-support à quatre pieds, en bois d'ébène enrichi d'incrustations en ivoire gravé à fleurs et ornements. Il est garni de poignées, d'entrées de serrures, etc., en argent. Époque Louis XIII. Larg., 55 cent.

11 — Belle bibliothèque du temps de Louis XVI, à deux portes pleines en bois d'acajou, richement garnie d'ornements en bronze finement ciselé et doré. Larg., 1 mèt. 18 c.

12 — Joli meuble du temps de Louis XVI, de forme surélevée, en bois d'acajou, garni d'ornements en bronze ciselé et doré. Le bas, à deux portes garnies de dos de livres imitant une bibliothèque, est surmonté d'une porte à abattant formant secrétaire. Le haut est garni de deux portes vitrées et surmonté d'une galerie en bronze doré découpée à jour. Larg., 85 cent.; haut., 2 mèt.

13 — Chiffonnier à sept tiroirs, de mêmes travail et époque que le meuble qui précède. Dessus en marbre blanc. Larg., 85 cent.

14 — Commode du temps de Louis XVI, à trois rangs de tiroirs, en marqueterie de bois sur fond d'acajou, garnie d'ornements en bronze finement ciselé et doré. Dessus en marbre bleu turquin. Larg., 1 mèt.

15 — Petit bureau à cylindre du temps de Louis XVI, en bois d'acajou incrusté de filets de bois de citron et garni de bronze.

16 — Petit chiffonier du temps de Louis XVI, à sept tiroirs, en bois de citronnier, garni de bronzes et à dessus de marbre blanc.

17 — Jolie petite table carrée du temps de Louis XVI, en marqueterie de bois. Le dessus présente un oiseau dans un médaillon ovale.

18 — Petite bibliothèque à deux portes, vitrées par le haut et pleines dans le bas. Elle est en bois d'acajou avec moulures à perles en bronze doré et à dessus de marbre avec galerie découpée à jour. Epoque Louis XVI.

19 — Grande commode à quatre tiroirs, en bois d'acajou, à dessus de marbre blanc. Epoque Louis XVI.

20 — Petit secrétaire du temps de l'Empire en bois d'acajou, garni de bronzes dorés et à dessus de marbre.

21 — Glace de forme carrée avec large cadre en bois d'ébène à moulures guillochées. Epoque Louis XIII.

22 — Cadre de glace en bois d'ébène, à moulures guillochées. Même époque.

23 — Bordure carrée en os guilloché.

24 — Cadre carré en bois d'ébène à moulures guillochées.

25 — Bordure de forme carré-long en écaille rouge à moulures.

26-28 — Trois bordures en écaille à moulures en bois d'ébène. Elles seront vendues séparément.

29-31 — Six bordures en bois d'ébène à moulures. Elles seront vendues par lots.

32-37 — Trente-cinq cadres en bois sculpté et doré, du temps de Louis XIV, Louis XV et Louis XVI. Ils seront vendus par lots.

38 — Deux bergères et six fauteuils du temps de Louis XVI, en bois sculpté et peint en blanc. Ces pièces ont conservé une partie de leur garniture en soie bleu-clair avec dessins brochés en blanc.

39 — Six fauteuils et une bergère en bois sculpté et peint en blanc, garnis en damas de soie rouge. Epoque Louis XVI.

40 — Paravent du temps de Louis XV en bois sculpté et peint en blanc, garni en damas de soie rouge.

41 — Table de nuit en bois d'acajou à portes et tiroirs et à dessus de marbre. Epoque Louis XVI.

Faïences

42 — Faïence hispano-arabe. — Plat rond, décoré d'ornements à reflets mordorés et portant au centre un aigle héraldique peint en bleu.

43 — Même fabrique. — Plat rond décoré de fleurettes bleues avec détails mordorés et présentant au centre le chiffre du Christ.

44 — Même fabrique. — Plat rond analogue à celui qui précède. Il porte au centre le blason des Médicis.

45 — Fabrique de Rouen. — Deux plats ronds et festonnés, décorés de dragons chimériques, d'oiseaux et de fleurs dans le style chinois.

46 — Même fabrique. — Plateau de forme octogone sur piédouche décoré de guirlandes de fleurs et d'ornements en bleu et rouge.

47 — Même fabrique. — Grand plat rond à décor de fleurs et d'oiseaux en camaïeu bleu dans le style chinois.

48 — Même fabrique. — Plat rond analogue à celui qui précède, mais plus petit.

49 — Faïence de Delpht. — Deux petits plats ronds, à compartiments décorés decorbeilles de fleurs polychromes avec entre-deux fond bleu.

50 — Même fabrique. — Bouteille à long col, à décor de fleurs polychromes.

51 — Même fabrique. — Deux vases en forme de bouteille à décor de fleurs et d'ornements en camaïeu en bleu.

52 — Même fabrique. — Deux vases en forme de cornet, décorés de même.

53 — Même fabrique. — Deux vases en forme de gourde, à décor de fleurs polychromes.

54 — Deux plateaux en forme de feuille décorés au naturel. Sur leur branche, formant anse, se trouve une fleur de lys.

55 — Plateau rond et festonné, à décor de fleurs en camaïeu bleu.

56 — Deux plateaux à bordures découpées à jour, et décor d'or sur fond blanc.

57 — Plat rond en faïence de Savone, décoré en camaïeu bleu et cariatides ailées et ornements en relief.

58 — Aiguière en faïence de Rouen, à décor d'ornements en camaïeu bleu.

59. — Jolie cruche en grès de Flandres à goulot allongé, relié au col du vase par un bras à deux mains. Elle est décorée en bleu sur fond gris, et garnie d'un couvercle en argent repoussé.

60 — Petite cruche en grès de Flandres à panse sphérique, à ornements en relief, et décorée en bleu sur fond gris.

61 — Pot à bière en grès de Flandres et à couvercle décoré d'ornements émaillés bleu sur fond gris.

62 — Deux petits plats ovales à reptiles. Imitation moderne des faïences de Bernard Palissy.

Porcelaines

63 — Jolie pendule du temps de Louis XVI, ornée de deux figurines d'Amours assis, en biscuit de porcelaine, reposant sur un socle en porcelaine blanche, enrichi de plaques fond bleu, décorées de rinceaux en or; sur l'une d'elles on lit : Manufacture de Mgr le duc d'Angoulême, à Paris. Cette pièce est enrichie d'ornements et de guirlandes de fleurs en bronze finement ciselé et doré.

64 — Deux figurines reposant sur des fûts de colonnes,

cannelées, en biscuit de Sèvres, pâte tendre. Modèle connu sous le nom de Garde à vous !

65 — Deux jardinières avec plateaux en biscuit de Wedgwood, à ornements blancs sur fond bleu clair.

66 — Deux bols et un plateau en biscuit de Wedgwood noir, à ornements en relief.

67 — Deux jolies gourdes de forme aplatie en ancienne porcelaine du Japon à décor d'oiseaux, de fleurs et d'ornements en camaïeu bleu sur fond blanc.

68 — Vase en forme de bouteille, en porcelaine du Japon à décor de fleurs en camaïeu bleu.

69 — Joli sucrier à couvercle en ancienne porcelaine de Chine, à décor de fleurs et d'ornements émaillés en couleurs.

70 — Deux jolis plats ronds en ancienne porcelaine de Chine, décorés de fleurs émaillées en couleurs et rehaussées d'or.

71 — Deux beaux plats creux en ancienne porcelaine du Japon, à décor de fleurs et d'ornements en bleu, rouge et or.

72 — Plat rond analogue à ceux qui précèdent, mais plus petit.

73 — Plat rond de même porcelaine et de décor analogue.

74 — Plat rond festonné, en ancienne porcelaine du Japon, à décor de fleurs en couleurs et or.

75 — Quelques pièces en porcelaine anglaise, de Wedgvood et autres pièces diverses modernes. Elles seront vendues par lots.

Plats en cuivre repoussé et Bronzes d'ameublement

76 — Grand plat rond en cuivre repoussé, à ombilic saillant décoré de godrons en relief et présentant au centre un blason émaillé sur argent. Une inscription allemande est gravée autour de l'ombilic.

77-83 — Sept grands et beaux plats en cuivre repoussé, analogues à celui qui précède, mais sans blason émaillé. Ils seront vendus séparément.

84 — Grand et beau bassin rond et creux à fleurons en relief au centre et branches de fleurs au pourtour.

85 — Très-grand plat rond présentant au centre un vase de fleurs en relief et au pourtour un double rang d'ornements.

86 — Plat rond en cuivre repoussé dont le centre présente quatre vases avec entre-deux. Il porte une inscription ainsi que la date de 1442.

87 — Deux plats ronds avec godrons saillants et bordure d'ornements et inscriptions gravées. L'un d'eux a été argenté.

88 — Deux plats analogues à ceux qui précèdent, mais sans bordure d'ornements gravés.

89-94 — Onze plats et bassins en cuivre repoussé à ornements, figures et inscriptions. Ils seront vendus par deux ou séparément.

95 — Aiguière de forme orientale en cuivre poli. Son anse est formée par un animal fantastique et le goulot par un oiseau debout. XVe siècle.

96 — Jolie aiguière en cuivre poli à panse ovoïde et à anse formée par un serpent. Travail du XVIe siècle.

97 — Autre aiguière en cuivre poli à goulot à trèfle et à anse se rattachant à la panse par une tête d'animal fantastique. XVIe siècle.

98 — Bouilloire en bronze, en forme d'animal, debout. Travail du xve siècle.

99 — Très-beau flambeau du temps de Louis XIII, en bronze, à colonne surmontée d'un chapiteau ionique et reposant sur un large plateau à godrons en haut relief.

100 — Petit lustre flamand en cuivre poli à huit lumières.

101 — Grand plat rond et son aiguière en cuivre argenté avec blasons gravés. Époque Louis XVI.

102 — Autre plat rond et aiguière analogues à ceux qui précédent. Le plat seul est blasonné.

103 — Aiguière forme casque en cuivre argenté.

104 — Cinq plats festonnés en cuivre argenté.

105 — Deux jardinières de forme longue et à anses en cuivre argenté. Époque Louis XV.

106 — Deux flambeaux en cuivre argenté, modèle à colonne.

107 — Deux flambeaux en plaqué anglais, à bases et colonnes carrées, à têtes de béliers en relief.

108 — Deux flambeaux de mêmes style et travail, mais très-bas, et un bougeoir en plaqué à deux lumières.

109 — Deux flambeaux Louis XVI en cuivre argenté.

110 — Jolie petite pendule du temps de Louis XV, modèle rocaille, en bronze doré. Mouvement d'Etienne Le Noir, à Paris.

111 — Deux flambeaux en bronze doré : enfants assis sur des crocodiles et supportant des cornes d'abondance.

112 — Deux flambeaux du temps de l'Empire, en bronze doré, à colonnes surmontées d'aigles. 34 —

113 — Grande cafetière du temps de Louis XV, en cuivre argenté; modèle à côtes torses et pieds rocaille.

114 — Deux autres grandes cafetières en cuivre argenté, de même époque.

Armes

115 — Deux jolis pistolets d'arçon à rouet, dont les bois sont couverts d'ornements, de rinceaux, de fleurs et de dauphins en fer très-finement gravés et découpés à jour. Les canons portent le nom de *Lazarino Cominazzo*. 1800

116 — Joli pistolet à rouet, dont le bois est entièrement couvert de très-fines incrustations d'ivoire gravé, et dont la crosse est découpée à jour. XVIe siècle. 1460

117 — Deux pistolets à rouet, avec crosse de forme shpérique, et dont les bois sont enrichis d'incrustations en ivoire. Même époque.

118 — Pistolet à double batterie à rouet et à deux canons superposés. La monture en bois est incrustée de quelques ornements de nacre et de pierres diverses.

119 — Deux pistolets à rouet, avec canons et platines en cuivre doré.

120 — Deux pistolets à batterie à silex, entièrement en fer gravé, et portant le nom de *John Campbell.*

121 — Deux pistolets à batterie à silex; leurs montures, de style oriental, entièrement en cuivre gravé, portent la date de 1623.

122 — Jolie carabine à crosse poitrinale, à double batterie à rouet en fer gravé, et dont la monture en bois est entièrement couverte d'incrustations d'ivoire gravé représentant des sujets de chasse, des animaux, des rinceaux, des mascarons, etc. XVIe siècle.

123 — Autre carabine à crosse poitrinale analogue à celle qui précède, mais à une seule batterie à rouet. Les incrustations d'ivoire blanc et vert représentent des figures allégoriques et des ornements. Même époque.

124 — Carabine à rouet dont le bois est incrusté d'ornements en nacre de perle et de filets de cuivre.

125 — Carabine dont la batterie à rouet est en fer finement gravé et ciselé. La platine représente le sujet de Diane et Actéon, et le chien un dauphin chimérique; le canon, en acier bleui, est enrichi de fleurs et de figurines damasquinées en or. XVIIe siècle.

126 — Carabine allemande à rouet, dont la batterie, en fer gravé, ainsi que le canon, portent le nom de *Johan Carl Ofner in Inspruck*. La monture en bois, enrichie d'incrustations de cuivre et de nacre de perle, est garnie en argent. XVIIe siècle.

127 — Petite carabine avec batterie à silex, canon et garniture en fer ciselé et damasquiné en or. Elle porte le nom de *Fran^{co} Ant^{o} Garzia en Madrid*, et la date de 1777.

128 — Tromblon espagnol, avec canon en cuivre tourné et batterie à silex.

129 — Poire à poudre de forme carrée et cintrée, en bois, avec incrustations d'ivoire gravé à sujets de chasse et ornements.

130 — Carabine à rouet, dont la batterie, le canon, la sous-garde et la garniture, en fer finement ciselé et gravé, représentent des sujets de chasse. Le canon porte le nom de *Johann, Franz, Karg in Insprugg* et la date de 1568, et la crosse porte un blason incrusté.

131 — Batterie de fusil à pierre, en fer gravé à sujet de chasse.

132 — Grande épée à deux mains, à quillons droits très-longs. Commencement du XVIe siècle.

133 — Autre épée à deux mains; la fusée manque.

134 — Belle épée du XVIe siècle, à quillons courbes en fer gravé; elle est accompagnée de son baudrier en velours noir, avec garniture en fer gravé de l'époque.

135 — Épée à garde découpée à jour et dont la lame porte une inscription latine gravée; XVIIe siècle.

136 — Épée à corbeille à oiseaux et figures ciselées et découpées à jour; la lame porte le nom de *Sebastian Hernanez*.

137 — Poignard birman, à poignée en ivoire sculpté et garniture partie en argent gravé et partie en cuivre incrusté d'argent.

138 — Poignard oriental, à lame courbe, poignée et garniture en argent ciselé et fourreau en velours rouge.

139 — Beau casque, à crête, à visière et colletin en fer, avec bords dentés; XVIe siècle.

140 — Beau casque de tournoi du XVIe siècle, en fer, à bandes finement gravées, à ornements à rinceaux et dorés.

141 — Casque de mineur ou d'assaut, en fer à bombe, d'une forme très-élégante.

142 — Casque avec garde-joues à charnières et bombe unie; XVIe siècle.

143 — Belle tête de clef en fer ciselé et découpé à jour, et composée de cariatides de femme, de rinceaux, d'un lion et d'une fleur de lis ; XVIe siècle.

Instruments de musique

144 — Mandoline italienne, enrichie d'incrustations de nacre et d'écaille.

145 — Mandoline analogue à celle qui précède.

146 — Mandoline à manche d'écaille enrichie d'incrustations en argent ; elle porte la date de 1766.

147 — Mandoline en bois de citron, portant le nom de Saunier, à Paris, et la date de 1774.

148 — Grande mandoline à long manche garni de seize clefs.

149 — Pochette enrichie d'incrustations d'écaille et de nacre de perles.

150 — Autre pochette, enrichie d'incrustations d'ébène et d'ivoire, et à manche se terminant par une tête d'animal chimérique en bois sculpté.

151 — Pochette en forme de violon très-plat.

152 — Instrument oriental, en forme de mandoline à très-long manche en bois de fer.

153 — Trompette enrichie d'ornements en cuivre repoussé. XVIIe siècle.

Objets variés

154 — Beau Christ en ivoire sculpté, sur croix en bois d'ébène. haut., 39 cent. Travail français.

155 — Autre Christ en ivoire sculpté, de 42 cent. de haut. Travail espagnol.

156 — Cassette en bois noir à moulures, surmontée d'un lion assis tenant un écusson.

157 — Petit coffret à couvercle cintré, en écaille garni en argent. Époque Louis XIII.

158 — Écritoire en forme de coffret en bois sculptés, avec macarons aux angles, et rehaussée de peintures et d'or. Travail italien.

159 — Coffret en bois d'ébène à moulures.

160 — Médaille en bronze.— D. BEATRIX. A. ROIAS. ET. CASTRO.

161 — Autre médaille en bronze. FRANCISCUS. A. BONA. DESDIGUERIUS. AN Æ. 58.

162 — Médaillon en bronze, par G. Dupré, 1618. — COSMUS II. MAGN. DUX. ETRURIÆ IIII.

163 — Médaillon en bronze, par Dupré, 1613. — PETRUS. JEANNIN REG. CHRIST. A. SECR. CONS. ET. SAC. ÆRA. PRÆF.

164 — Médaille en bronze doré : cardinal Mazarin ; elle porte la date de 1659.

165 — Onze bustes-appliques en biscuit de porcelaine, représentant Louis XVI, Marie-Antoinette, le Dauphin et autres membres de la famille royale.

166 — Trois tabatières et une châtelaine en cuivre doré, des époques Louis XV et Louis XVI.

167 — Cinq pommes de cannes, dont une en porcelaine de Saxe et quatre en cuivre doré.

168 — Deux verres à couvercles, à sujets de personnages et inscriptions gravés.

169 — Deux jolis médaillons en cire : bustes d'homme et de femme, dont les costumes sont enrichis de pierres diverses et de perles. Travail italien du XVIe siècle.

170 — Un bois de cerf.

171 — Quatre vitraux à sujets peints en grisaille et quelques fragments de vitraux anciens.

172 — Deux petites têtes de chérubins accolées, en bois sculpté et doré.

Petites miniatures à l'huile

Des XVIe et XVIIe siècles

Seront vendues le mardi 28 novembre avec les autres objets d'art faisant partie de la même collection

173 — Portrait de Henri IV.

Sur cuivre.

174 — Marie de Médicis.

Sur cuivre.

175 — Isabelle-Claire-Eugénie, gouvernante des Pays-Bas.

Sur cuivre.

Dans un cadre en bois sculpté.

176 — Portrait de femme avec collerette.

Sur cuivre.

177 — **Buste de jeune femme.**

Sur cuivre.

178 — **Portrait d'homme avec collerette.**

Sur cuivre.

179 — Personnage avec collerette.

Sur cuivre.

180 — Portrait d'homme avec collerette; au verso sont les armoiries du personnage.

Sur cuivre.

181 — Portrait d'homme de l'époque Louis XIII.

Sur argent.

182 — Portrait d'homme de l'époque Louis XIII.

Sur cuivre.

183 — Portrait de jeune homme en habit brodé d'or.

Sur argent.

184 — Personnage avec perruque et collerette.

Sur cuivre.

185 — Portrait de femme.

Sur argent.

186 — Portrait de jeune homme.

Sur bois.

187 — Portrait de jeune homme.

Sur cuivre.

188 — Portrait de femme.

Sur argent.

189 — Autre Portrait de femme.

Sur argent.

190 — Portrait de religieux.

Sur cuivre.

191 — Deux petits Portraits d'hommes.

Sur cuivre.

192 — Trois petits Portraits d'hommes.

Sur vélin.

www.ingramcontent.com/pod-product-compliance
Ingram Content Group UK Ltd.
Pitfield, Milton Keynes, MK11 3LW, UK
UKHW020227180726
13838UKWH00005B/2231